너를 보는 나

너를 보는 나

발행일	2021년 8월 2일

지은이	연서율		
펴낸이	손형국		
펴낸곳	(주)북랩		
편집인	선일영	편집	정두철, 윤성아, 배진용, 김현아, 박준
디자인	이현수, 한수희, 김윤주, 허지혜	제작	박기성, 황동현, 구성우, 권태련
마케팅	김회란, 박진관		

출판등록 2004. 12. 1(제2012-000051호)
주소 서울특별시 금천구 가산디지털 1로 168, 우림라이온스밸리 B동 B113~114호, C동 B101호
홈페이지 www.book.co.kr
전화번호 (02)2026-5777   팩스 (02)2026-5747

ISBN 979-11-6539-903-0 03810 (종이책)   979-11-6539-904-7 05810 (전자책)

(주)북랩 성공출판의 파트너

북랩 홈페이지와 패밀리 사이트에서 다양한 출판 솔루션을 만나 보세요!

홈페이지 book.co.kr   •   **블로그** blog.naver.com/essaybook   •   **출판문의** book@book.co.kr

작가 연락처 문의 ▸ ask.book.co.kr

작가 연락처는 개인정보이므로 북랩에서 알려드릴 수 없습니다.

연서율 시집

너를 보는 나

너를 보는 나는 기쁜 듯 슬프며,
행복한 듯 가슴 아프다

북랩 book Lab

'꽃을 보는 너' 그런 '너를 보는 나'. 신인 작가의 작은 프로젝트가 완성되었다. '제목부터 시적인 느낌을 주면 어떨까?'라는 생각에서 시작된 이 프로젝트는 『꽃을 보는 너』출간 이후 7개월 만에 마침표를 찍게 되었다.

'너를 보는 나'에 담긴 내용은 세계 모든 사람이 모두 다 같은 계절, 모두 다 같은 온도에서 살지 않듯 사람 개개인도 모두 다 같은 계절, 온도에서 살아가지 않는다. 각자의 계절, 각자의 온도가 있다.

이 책은 내가 느끼는 계절과 온도를 담았다. 특히 '꽃을 보는 너'에서 중점이 됐던 우울감을 최대한 빼려고 애썼다.

part 1 '온도'는 감정의 온도에 초점을 맞췄다. 사랑부터 우울함까지, 따뜻함에서 차가움까지 사람이 느낄 수 있는 감정의 온도를 생각하며 읽으면 좋을 것 같다.

  part 2 '계절'에서는 감정을 날씨화하거나 계절에 관련된 시들을 담았다. 계절의 변화, 날씨의 변화는 우리가 가장 민감하게 반응할 수 있는 것이기에…

  나에게 영감을 주는 계절, 날씨를 포함한 자연, 우주, 내 가족, 나의 강아지… 모든 것들을 담은 책이다. 내가 소중하게 느끼는 책인 만큼 독자들도 이 안에서 소중한 시 하나 만큼은 담아갔으면 좋겠다.

목차

계절 · 101

물감

물들었다
너를 그리려다
파란 물감으로
온통 물들었다

남들은 사랑을 하면
빨간색 분홍색이 떠오른다는데
나는 사랑을 하면
파란색이 떠오른다

저 하늘처럼 청명하고
저 바다처럼 드넓은
파란색이
너를 닮아 떠오른다

물들었다
사랑을 그리려다
네 생각으로
온통 물들었다

너를 보는 나

PART 1. 온도

별 한 송이

별 한 송이에 나의 언어를 담아
그대에게 보내요

별 두 송이에 나의 생각을 담아
그대에게 보내요

별 세 송이에 나의 마음을 담아
그대에게 보내면

별 네 송이를 받기 전
그대는 나의 모든 걸 읽을 수 있겠죠

오늘 밤하늘에서 만나요

팔레트

어떤 색이 너만큼 다채로울까
어떤 색이 너만큼 눈이 부실까
어떤 색이 너만큼 향기로울까

빨간색 파란색 노란색
색의 삼원색 조합해봐도
넌 항상 원색
세상 그 어디에도 존재하지 않는
신비로운 색
너만이 가진 특별한 색
붓에 살짝 묻혀
팔레트에 칠해본다
아, 향기롭다

너를 보는 나

너를 좋아하는 사람

너를 좋아하는 사람은
참 좋겠다
이렇게나 눈이 부신
너를 좋아할 수 있어서

상사병

너를 보는 그리움에
나의 시간은 가는 듯
가는 줄 모른다

천장

눈을 뜨면 보이는 하얀 천장
눈 감으면 보이는 까만 어둠
서로 상반된 나의 시선 때문에
잠이 오지 않는다
잠이 오지 않는 이유가
저 하얀 천장 때문일까
눈 감으면 보이는 너 때문일까
눈을 떠도 눈을 감아도
자꾸만 보이는 너 때문이다
너 때문에
너 때문에
잠이 오지 않는다

너를 보는 나

푸르른 밤하늘
그 속의 별
금빛 순간으로
찬란하던
그 순간의 넌
무척이나 반짝였지

그런 너를 보는 나는
잠시 가만히
아니 아주 오래 가만히
너를 바라보았다

네가 보는 내 모습이 어쨌건
너를 보는 나는
너의 반짝임에
충분히 눈부셨다

나를 보는 너

나를 빤히 바라보는 너
사랑하지 않으려 해도
나는 사랑할 수밖에 없었다

전화

핸드폰 너머로 들리는 목소리에

기쁨

고마움

그리움이 묻어있다

가끔은 전화 한 통으로도

마음을 전하기에 충분하다

기다림

한없이 기다려도
보는 순간 모두 잊히는
당신은 나의 기다림
당신이란 기다림이 있기에
내 시간은 더욱 의미있어 집니다.

만남과 사랑

만남 뒤엔 헤어짐
헤어짐 뒤엔 그리움
그리움 뒤엔 슬픔
슬픔 뒤엔 사랑
사랑 뒤엔 다시

내 마음은 네 마음대로 해

내 마음은 네 마음대로 해
어찌해도 상관없으니
내 마음은 네 마음대로 해
상처 줘도 상관없으니
내 마음은 네 마음대로 해
이왕이면 내가 바라는 대로
그렇게 해줬으면 해

잘했어요

오늘 하루 너무 지치고 힘들다면
그대는 오늘 아주 잘한 겁니다
그 힘든 하루 버티고 여기까지 왔으니
이 얼마나 대단한 일입니까

오늘 하루 너무 힘들고 슬펐다면
그대는 오늘 아주 씩씩했던 겁니다
그 슬픈 하루 버티고 여기까지 왔으니
이 얼마나 대견한 일입니까

그래도 가끔은 무너져도 좋으니
혼자 끙끙대지 말고
너무 마음에만 담고 살지 않았으면 합니다

붕어빵

추운 겨울
따뜻한 붕어빵을 사서
집으로 달려가 본 적이 있는가

붕어빵이 차가워질세라
빠르게 집으로 가
가족들에게 준 적이 있는가

그 따뜻한 마음이
하나 둘 모이기 때문에
붕어빵 장수는
그 추운 겨울에도
밖에 나와 붕어빵을 판다

그 따뜻한 마음이
당신에게도 있기 때문에

힘

힘내라고 말하지 않아도

존재 자체만으로 힘이 되는

사람들이 있다

바로 너

노을의 색

멈추어라
나는 달리다가 멈추었다
너무 힘이 들어 멈추었다
포기는 하지 않았다

멈추어라
달리면서 멈추어라
멈추니 보이더라
노을의 색
꽃의 이름
별의 자리

가끔 힘이 들 땐
주변의 모든 것을 느끼며
그 주변이 되어도 좋다
중심에서 벗어나자

시계

길을 걷다가
너를 바라볼 때
네가 지어 보이는 미소에
나의 심장은
시간을 조절하기 위해
잠시 멈춰 두었던 시계처럼
애써 놀라지 않은 척
조절을 마치고서야
너에게 답미소를 보낸다

너를 보는 나

성공과 실패

사랑은 성공도 실패도 하지 않는다
너를 사랑할 뿐이다

망설임

너는 할 수 있다
너는 해도 된다
무수히 많은 사람들이 고민했고
무수히 많은 사람들이 도전했다

넌 할 가치가 있는 사람이다

힘내

힘을 낼 수 없어요
괜찮아요
당신의 마음속엔
작은 꽃 한 송이가 있어요
그 꽃이 당신 대신
힘을 내줄 거예요
걱정 말아요

잘 자

잠이 들기 전 순간까지도
기분 좋은 감정이 맴돌길
잠에 든 순간에도
기분 좋은 꿈만 꾸길
밤하늘 빛나는 별이
너의 아름다운 꿈을 비추길

너를 보는 나

배려

나는 나를 위해
너는 너를 위해

그런 우리가 만나

나는 너를 위해
너는 나를 위해
우리를 위해

먼길 오는 그대

밖에 눈이 많이 오고 있다는데
먼길 오는 그대가 걱정입니다
혹여나 미끄러져 다치지는 않을지
길이 막혀 애를 태우고 있지는 않을지
먼길 오는 그대가 걱정입니다

밖이 어두워졌는데
혹여나 길이 잘 안 보여 넘어지지는 않을지
사람과 부딪히지는 않을지
사소한 것 하나하나가 모두 걱정입니다

이런 와중에도 그대는 나를 걱정하고 있겠죠
그대가 나를 걱정하는 순간에도
나는 그대를 걱정합니다

부재

내가 그대를 그리워할 때
그대는 부재로 답했고
그대가 나를 그리워할 때
나는 그대 곁에 있음으로 답하렵니다

그리움

고작 하루 떨어져 있는 건데
네가 너무 보고 싶다

나를 이렇게 만들어 놓고
너는 너무 태연하니
네가 더 보고 싶다

내일이면 볼 거 아니냐며
무심하게 말하는
네가 너무 보고 싶다

그리움이란 못된 단어를
나에게 가르쳐준
못된 네가 보고 싶다

너의 하루

너의 하루는 어땠니
너의 하루엔 어떤 사람들이 있었고
너의 하루엔 어떤 일들이 있었니

누가 널 마음 아프게 한 거야
대체 누가 널 힘들게 만든 거야
대체 누가 널

나의 하루?
나의 하루는 온통 너였지

외로운 땅

외로운 마음에
꽃 한 송이가 피어 났다
물 한 방울 없고
그늘진 땅
무엇을 바라보며
꽃을 피워야 하는가

콩닥콩닥
외롭게 뛰고 있는
저걸 바라보며 피워내야지

너를 보는 나

일

연락 좀 받아줘

일은 다 끝냈는데

아직 끝나지 않은 1이 있다

너와의 카톡창 읽지 않은 1

달은 저 멀리에

달은 저 멀리에 있는데
왜 달을 보느라
가까이에 있는
너를 몰랐을까

등잔 밑이 어둡다고
저 환한 달 밑에
네가 있었는데
왜 몰랐을까

달은 저 멀리에 있는데
왜 달을 보느라
안타까운 네 마음
내가 몰라줬을까

너를 보는 나

지나간다

지나간다
마음 위로 슬픈 것들이
지나간다

지나간다
마음 위로 힘든 것들이
지나간다

지나간다
마음 위로 좋은 것들이
지나간다

지나간다
어차피 지나가는 인생
뭘 그리 붙잡고 있으려 하나
그냥 놓아주면 그만인 것을

모래사장

모래사장 위에
꾹
발자국이 남는다

내가 걸어온 길을
되돌아보며
내 발은 계속해서
자취를 남겼다

삶은 넓은 모래사장
그 위에 끝없이
발자취를 남긴다
당신이 뒤돌아보는 순간에도

지우개

지우개를 깜빡했다
가져와 너의 이름을
지우는 것을 깜빡했다
여기저기 새겨진 네 이름
하루 빨리 지워내야 하는데
중요한 것을 깜빡했다

새겨지는 데는 그리 오래 안 걸리더니
깨끗이 지우려니 오래 걸린다
새겨지는 데는 한순간이더니
지우는 데는 한참이다
지워낸다는 마음이 이런 건 줄 알았다면
새기지 않았을 텐데

말다툼

이거도 지는 게임
상처만 주는 게임
얻는 게 없는 게임

너를 보는 나

승자 없는 게임

헤어'졌다'

부재중

끊어지지 않은 통화 연결음
전화 걸고 있는 나만
복잡한 감정의 현재 진행 중
전화 너머의 너는 알 수 없는 부재중

스트레스

받는다

스트레스

포수도 아닌데

계속 받기만 한다

이번에도 스트라이크 아웃

한계를 넘어섰다

대체 어디까지 참아줘야 할까

받아주기만 하니깐

난 던지는 걸 모르는 사람인 줄 아나 보다

거기 당신

내가 투수로 전향하는 날엔

무조건 직구만 날릴 거니깐

준비 단단히 해 둬

탄산음료

탄산음료를 마시면 뭐랄까
바닷속에서 폭죽을 터트려 놓은 듯하다
입안에서 부글대는 폭죽이
목구멍을 타고
위까지 내려가
내 가슴을 시원하게 만들어 준다
이런 느낌이 필요하다면
세상이 고달프다는 것인데
너도 한 모금 마시고
응어리진 마음
시원하게 터트려라

욕심

버려야지
버려야지
버리는 게 좋다고들 하지만
한번 내어 보는 것도
나쁘지 않다

갈대

바람과 하나되어
이리 흔들
저리 흔들
춤을 추는구나

남들은 네가
바람에 휩쓸려
이리 휘청
저리 휘청
휘청거린다 말하지만

나는 네가 자유롭게
춤을 추는 것만 같다

바람아 더 세게 불어라
이리 흔들
저리 흔들
저 갈대들이 더 자유롭게 춤을 추게

너
를
보
는
나

피로회복제

피곤하다
책을 읽으면

피곤하다
글을 적으면

그런데도 한다
글을 적는 것이
나의 유일한 피로회복제

신호등

하늘은 마치 신호등 같다
누가 하늘을 파랗다고만 하는가
파란불만 있어서는
세상이 돌아가지 않는다
동틀 무렵 하늘은 노랗고
해 질 무렵 하늘은 붉다

파란불 노란불 빨간불
모두 있는 하늘은 신호등이다

너무 숨가쁘게 달리지 마라
잠시 멈출 때도
숨을 고를 때도 있어야
체증이 없다

지나침

우리가 살면서 지나치는 무수한 것들
익숙해서 지나치는 것이 아니라
지나치는 것에 익숙한 것이다
발길을 멈춰 지나온 것들을 되돌아보자

다독

책은 우리를 다독여준다
많이 읽을수록 더 다독여준다
글이 가진 강한 힘
글이 가진 놀라운 힘
나는 그것을 안다

다독다독
내 마음을 글자 하나하나가
다독다독
네 마음을 글자 하나하나가
다독여준다
이제야 다독하라는 이유를 알겠다

사소한 일에 느끼는 행복

사소한 일이었다
나에게도 남들에게도
사소한 일이었다

모두가 사소하다 말하는 것에서
나는 행복을 느꼈다

그건 더 이상 사소한 일이 아니게 되었다
사소한 일에서 행복을 느꼈다면
그건 행복한 일이다

내가 행복한 일이라는데
어느 누가 사소한 일이라 말하겠는가

새해

새로운 시작이라 한다
남들이 정해 놓은 시작에 맞출 필요 있나
내가 원하는 시작점에서
출발하면 되는 것이다
내가 원하는 출발선에서
힘차게 달리면 되는 것이다

열심히 살자

열심히 살자
열심히 살자
그럴 필요 있나

흘러가는 대로
흘러가는 대로
그렇게 살아 보면 어떤가

열심히 살지 않아도
노력하며 살지 않아도
너는 너무 소중하니깐

편안하게 마음 편안하게
그렇게 살아 보는 건 어떤가

새

하늘을 훨훨 나는 새야
나의 못된 마음 물고
저 멀리 저 멀리 날아가주라
내가 볼 수 없는 곳까지
내가 알 수 없는 곳까지
날아가주라
혹여 날아가다 강한 바람을 만나
다시 돌아오고 싶거든
잠시 쉬었다 가거라
절대 돌아오지 말거라
그렇게 멀리멀리 날아가
내가 알 수 없는 그곳에 도착하면
나의 못된 마음 내던져 버리고
너는 다시 자유롭게
가고 싶은 곳으로 가거라

산책

느린 걸음으로
내 발걸음 속도에 맞추어 천천히
주변 풍경을 둘러보며
사람들의 미소도 따라해보며
그렇게 천천히 천천히
길을 따라 걷는다

때론 빠르게 걸어보기도 하며
호흡이 가빠질 땐 다시 조절하며
내가 원하는 산책길을 만들어 본다
이렇게 걸어도 걸어도
늦지 않아 괜찮아

햇살의 여유

늦은 오후 방 안에 누워
햇살을 가득 머금고
후우 내뱉어 본다
커튼 사이로 새어 들어온 햇살이
마치 내가 내뿜은 햇살마냥 반짝거린다
몇 번을 반복하다 커튼을 열어젖힌다
눈동자와 마주한 태양에
눈을 찡그리고 바깥 풍경을 본다
창문을 열고 바람을 쐰다
이것이 여유였던가

너를 보는 나

버스정류장

밤에 학교를 끝마치고
돌아오던 나를
엄마가 하염없이 기다리던 버스정류장

비가 오나 눈이 오나
매일같이 나와 가방을 들어주곤 했지
오늘 따라 그 버스정류장이 생각난다

힘들기도 힘들고
귀찮기도 했을 텐데
어찌 그리 매일같이 나와 주셨을까

공부를 열심히 하지도
수업을 열심히 듣지도 않았던
내가 이제야 한심하다

아직 종착역에 도착하지 않은 나란 버스
이제라도 열심히 달려 보자
그 끝엔 또 엄마가 하염없이 기다리고 있을 테니

너를 보는 나

그때 그 공기

오늘따라 그때 그 공기가
코끝을 맴돈다
나무에 이슬 머금은 그 냄새
새벽에 안개 머금은 그 냄새
오늘따라 그 자연의 냄새가
내 코끝에서 자꾸만 맴돈다
그리워서인가
익숙해서인가
무엇인지 모를 이유에
그 공기의 향을 그리워하다 잠든다

그리워서였구나

한 걸음

한 걸음 가면 된다
두 걸음 세 걸음일 필요가 있나
아무도 당신에게 더 많은 것을 요구하지 않았다

그저 한 걸음
당신이 내딛고 싶은 한 걸음만 가면
오늘 하루도 성공적이다

한 걸음을 내디뎠을 때
두 걸음 세 걸음 가고 싶다면
그때 원하는 대로
자유롭게 나아가면 되는 것이다

날개

이곳에서 날개가 접혀
아파했다면
이젠 그럴 필요 없다

이곳에서 마음이 접혀
아파했다면
이젠 그럴 필요 없다

너의 날개도
너의 마음도
활짝 펼치고
날아가라 훨훨
누구보다 자유롭게

아파하지 말고

지나고 나면

하룻밤만 지나고 나면
열 밤만 지나고 나면
백 밤만 지나고 나면
지나고 지나고 지났다

네가 말한 무수한 밤들이
지나고 지나고 지났다

괜찮아지지 않는 내가
지겹고 지겹고 지겹다

그럼에도 또 한 밤 지새고 있는 나는
지치고 지치고 지친다

너를 보는 나

내일

아직 다가오지 않은 내일이 오늘 걱정된다
곧 다가올 내일이 오늘 걱정된다
내일이 되면 또 내 일을 해야 하기 때문에
내일이 되면 또 책임을 짊어져야 하기 때문에
아직 다가오지 않은 내일이 오늘 걱정된다

내일은 내일 걱정하자
내 일도 내일 걱정하자

수천 번 되뇌어야
수만 번 되뇌어야
지쳐 잠이 든다

출구

내가 올라가고 있는 지금 이 길
이 길 위를 따라가면 출구가 나오려나
하염없이 오르고 오른다
이번에도 막힌 문
터덜터덜 내려간다

다른 길로 아무 말 없이
오르고 있는 지금
빛이 보인다
내 눈물인가
내가 찾던 문인가
하염없이 올라간다

너를 보는 나

마음 구멍

뻥
구멍이 뻥 뚫렸다
아주 시원하게
마음속에

뚫린 구멍 사이로
바람이 새어 들어온다

뚫린 구멍 사이로
눈물이 새어 나간다

보이지 않는 마음속 뚫린 구멍
온몸에 밴드를 덕지덕지 붙여도
보이지 않아 막을 수 없다

울던 날

내가 힘들어 슬피 울던 날
네가 나의 옆으로 다가왔지
울지 말라고 위로라도 해주듯
발로 나를 툭툭 건드리는데
너라도 나의 마음 알아줘
'다행이다' 생각이 들더라

네가 힘들어 슬피 우는 날엔
나는 귀찮은 듯한 목소리로
울지 말라고 너를 다그쳤는데
너는 내가 그리했음에도
얼마나 맑은 영혼을 가졌으면
나에게 그런 위로를 해줄 수 있니

나는 매일을 후회하는 삶을 살고
너는 매일을 맑은 마음으로 사는구나

너를 보는 나

빈자리

네가 떠나면 그 빈자리
무엇으로 채울 수 있을까
밖에 나가 하루 종일 떠들다 오면
너의 빈자리가 채워질까
아님 네가 처음부터 없었던 듯
모른 체 하면 채워질까

그렇게 하면
그렇게 하면
너의 빈자리가 채워질까
채울 수 없음을 알면서도
뭘 그리 길게 말할까

네 빈자리는 그 어떤 것으로도

채울 수 없다

나는 세상 한 부분을

텅 빈 채로 바라봐야 한다

네 빈자리를 무엇으로 채울 수 있겠느냐

너를 보는 나

너와 나의 시간

하루하루 줄어 간다
너와 나의 시간
하루하루 멀어져 간다
너와 나의 거리
하루하루 조바심이 난다
이런 우리 사이에

내가 어떻게 태연하게 대처할 수 있을까
내가 어떻게 현명하게 대처할 수 있을까
잘 모르겠다

그냥 줄어든 시간만큼
멀어진 거리만큼
조바심이 나는 만큼

너에게 표현하고 싶고
너에게 사랑 주고 싶고
너와 더 가까워지고 싶다

시간이 얼마 안 남은 만큼
모든 걸 다 해주고 싶다

너를 보는 나

토끼 같은 강아지

어디서 이런 토끼 같은 강아지가 왔을까
분홍색 피부에
새하얀 털
말랑말랑한 발바닥까지
기분이 좋으면 귀가 쫑긋
어디서 이런 토끼 같은 강아지가 왔을까

내가 널 너무나 사랑하는 걸 아니
내가 널 너무나 아끼는 걸 아니
내 눈을 빤히 바라보는 건
내 물음에 대한 대답이니

이리 깡총 저리 깡총 뛰어다니는
어디서 이런 사랑스러운 생명체가
우리 집에 왔을까

네가 있다

혼자 남겨진 집
혼자 남겨진 방
어두컴컴한 공간
외로웠다
예전에는

이젠 네가 있다
부르면 바라보는
때로는 달려오는
누우면 품에 안기는
네가 있다

나의 세상은 네가 중심이 되어 버렸다

너를 보는 나

움직임

너의 작은 움직임에
코끝이 아리다
왜 그럴까
생각해 보았다
지난 5년간
네가 내게 보여준
모든 움직임 때문이다
그 모든 움직임 때문에
너를 보는 나는
기쁜 듯 슬프며
행복한 듯 가슴 아프다

새 삶

세상이 두려운가
아픔을 벗어나 새로 시작하는
새 삶이 두려운가

새 삶으로 맞이하는 세상이 두렵다
다시 상처받을까 봐
그것이 두렵다

아픔

아픈 줄 몰랐다
너무나 당연해서

아픈 줄 모른다
너무나 당황해서

각자 가지고 있는 아픔
홀홀 털어버리고
조금만 아프며 살자

누수

수도꼭지를 틀었다
물이 나오지 않는다
물이 콸콸 쏟아지고 싶다는데
그러지 못한다
다른 곳에서 새나 보다

눈물이 나오지 않는다
펑펑 울고 싶은데
그러지 못한다
내 마음속 깊은 곳에 누수가 생겼나 보다

너를 보는 나

슬픔의 순기능

눈물이 흐른다
슬프다
위로받는다

내가 밝은 사람인 줄만 알았단다
나에게 이런 슬픔이 존재한다는 걸
눈물로써 알렸다

마음껏 펑펑 울고
마음껏 소리 내야
가슴이 후련해진다
그래야 마음이 더욱 단단해진다
그래야 마음의 상처가 아문다

외로움

외로움
그것은 다른 말로
지독한 그리움이더라

불투명한 세상

투명할 줄 알았다
어릴 때는

불투명하다
어른이 되니깐

내 꿈을 향해
잘 가고 있나

그 어느 것 하나
투명하지 않은 세상
물속으로 풍덩
뛰어들고 싶다

계단

오르락 내리락
힘들게 올라갔다
허무하게 내려온다

오르락 내리락
참으며 올라갔다
포기하며 내려온다

오르락 내리락
아 부질없다
저 계단의 끝은 낭떠러지인가

우울한 밤

우울한 날

우울한 밤

우울한 난

이불을 뒤집어쓰고

아무 생각도 하지 않는다

그냥 우울한 마음 그대로

내버려둔다

마음이 자라고 자라서 뚝 부러지게

뚝 부러지면

내 마음 좀 괜찮아지지 않을까

시간아 바람아
(Trap-염솜밍 on soundcloud)

이별엔 시간이 약이더라
우울한 기분일 땐 바람 쐬는 게 좋다더라
모두 해보았다
약이라는 시간도 흘러가게 두었고
좋다는 바람도 실컷 쐬었다
살다 보니 너희가 흘려보내기가 가장 좋더라
아무 의미 없다
아무 의미 없다

시간아 내 마음속 그를 멀리 데려가다오
그래도 아무 소용이 없다면 차라리
바람아 나를 그가 있는 곳으로 데려가다오

불러도 불러도 대답 없는 그에게로
시간아 바람아 나를 데려가다오

친구

심심하지 않았다

우리 함께 있을 때 너희를 보면 웃고 있어

그걸 보면 행복하다 했더니

너희는 내가 웃고 있어 행복하다 하더라

우린 서로가 있어 행복하다

어른의 친구

세월이 갈수록
얼굴 보기가 힘들어지겠지

세월이 갈수록
함께 무언가를 하기가 힘들어지겠지

세월이 갈수록
친구로서 포기해야 될 부분이 많아지겠지

어른의 친구란
포기와 친구하는 것이다
어릴 때 겪지 못했던
현실이란 높아져 가는 가림막

높아져 갈 뿐 멀어져 가는 것은 아니기에
나는 오늘도 친구를 위해
이해란 꽃을 피운다

너를 보는 나

푸른 밤

해 질 녘 노을은 왜 이리 아름다운가
들끓던 마음도 싹 사라지게
왜 자신이 더 붉게 타오르는가
모두 같은 마음일 것이다
퇴근시간
대중교통을 탄
자동차를 탄
모든 연령대의 사람들이
모두 같은 마음일 것이다
참아야지
내가 참아야지
붉게 타들어 가는 노을을 보며
붉게 타들어 가는 마음을 삭히고 있을 것이다
마음을 삭히고 밤을 맞은
그대의 밤은 오늘 푸른 밤이었다

서른

어릴 땐 스무 살이면 어른인 줄 알았다

내가 겪은 스무 살은 철부지였다

스무 살 때는 서른이면 어른인 줄 알았다

서른을 앞두고 있는 지금

달라진 게 없다

조금의 두려움

어른이 된 것 같다는 두려움만 있을 뿐이다

어른은 무서울 것이 아닌데

왜 두려운 것일까

어른이 두렵나

서른이 두렵나

서른이 두렵다

그다음은 마흔

그다음은 쉰 예순

세월이 빠르게 지나감을 알아 두렵다

너를 보는 나

시간이 흐른다

시간이 흐른다
강물처럼
빗물처럼

강물이 모여 빗물이 모여
바닷물이 된 것처럼
나는 바다 같은 어른이 되었고
시간은 계속해서 흐른다
넘칠 수 없지만
넘치도록

잠들지 못한 시인의 밤

종이와 펜이 내는 소리만 서걱서걱
잠들지 못한 시인의 밤은 외롭다
글의 주제마저 외로움
잠들지 못한 시인의 밤은 고독하다

한 시간이 지나도
두 시간이 지나도
일출 시간이 다가와도
잠들지 못한 그는 불면증
아니 더 깊은 병

잠들지 못할수록
더 좋은 시가 나오는
아이러니함에
잠들지 못한 시인의 밤은
그렇게 흘러간다

안경

눈이 더 나빠졌다
그래도 안경을 쓰지 않는다
억지로 사는 세상
흐리게 볼 수 있게 되어 다행이다

안경을 써도 이젠 사람들의 얼굴이
잘 보이지 않는다
나를 바라보는 시선
흐리게 볼 수 있게 되어 다행이다

내가 이 세상에서 유일하게 좋아하는
밤하늘을 본다
달도 별도 물감에 물을 많이 탄 듯 번져 보인다
아쉽다
조금 더 선명하게 보고 싶은데
흐릿하게 보여 서글프다

나의 눈,
이젠 내 마음의 날씨처럼
항상 흐리다

너를 보는 나

자화상

하늘에 짙은 어둠이 깔릴 때 즈음
집에 힘 없이 터벅터벅 걸어가며
나를 따라오는 그림자를 본다
나를 닮았다
그리곤 이내 실망한다

내가 바라던 모습인가
나는 무얼 꿈꾸며 살았나
밤하늘 달은 조명이라도 된 듯
환하게 내 앞길을 비추는데
부끄럽다
나 자신이 부끄럽다

내 탓인걸 모르고
남 탓만 하고 살았다
어리석게도 그리 살았다
쏟아지는 눈물을 참을 수가 없다
이 순간을 비추려 그리 환했던가

익숙한 집에 가는 길
오늘 따라 낯설게만 느껴진다
낯선 느낌을 안고
내가 가야 할 낯선 길을 그려본다

너를 보는 나

축배

이만큼 고생한 나를 위해
이만큼 버텨 준 나를 위해
이만큼 이겨 낸 나를 위해

축배를 들어라

더 이상 고생하지 말고
더 이상 버티지도 말고
더 이상 이겨 내지도 말자

나를 위해
너를 위해

관계

계절

당신의 계절은 어떤가요
꽃이 피나요
눈이 오나요
낙엽이 떨어지나요
장마인가요

나의 계절은 꽃이 지고 비가 옵니다

봄바람

꽃잎을 스친 바람인가
나비를 이끈 바람인가
향기로운 바람이
나에게 번지면
나의 마음엔
서서히 꽃이 피어난다
봄이 오면
나의 마음도
계절과 다름없다

너를 보는 나

스물여덟 번째 봄

봄에 태어나
스물여덟 번째 봄을 맞는다
한 글자로 이 세상 모든 따스함을
설명할 수 있는 계절
그 계절 안에서 내가 느낀 봄 향기를 기록한다
꽃 풀 나무 나비 햇살 바람

나비

꽃잎의 향기로움으로

봄바람의 따스함을 타고

당신을 내게로 이끕니다

그대로

그대로

그 길로 따라와주오

나는 그대의 꽃

그대는 나의 나비가 되어주오

벚꽃 잎

그대 가던 길을 잠깐 멈추시오
그대 발밑에 살랑
떨어진 벚꽃 잎 하나
주워 그대 손에 쥐어 드릴테니
꽃잎과 손잡고
향기로운 봄 길 걸어가시오

봄

아름다운 꽃향기를 따라가니
네가 서있었다
너는 나의 꽃이고
너는 나의 봄이다

봄바람이 분다 해서 봄이 온 것을 아는가
겨울에도 너는 내게 따뜻한 바람이었다

긴 추위 끝에 꽃이 피는 계절
긴 겨울 끝에 봄이 피는 계절

당신이란 봄 안에
나는 작은 꽃 한 송이

봄 거리

수줍은 꽃잎이 살랑
그대의 오른손에 내려앉았습니다
그대 주저 말고 꽃잎을 잡아주어요
그 꽃잎을 손에 잡고
이 거리를 걷는다면
이 봄 더 바랄 것 없는
향기로운 봄 거리가 될 테니

벚꽃

땅만 보고 걷는 내가
길 위에 수많은 벚꽃 잎이 떨어져 있어
고개를 들어 하늘을 바라봤더니
하늘에는 더 많은 벚꽃 잎이 떨어져 있더라

새싹

꽃의 시작은 새싹부터인데
사람들은 그 과정에는 관심이 없고
피어난 꽃만 보며 좋아라 한다

나는 꽃보다 새싹이 더 좋다
예쁘지 아니한가
작은 새싹이 무럭무럭 자라나는 모습을 보면서
뿌듯함을 느낀다

저 새싹이 피워 낼 꽃의 잎이
다 떨어지는 날까지
모두가 다 잊어도
나만큼은 처음 그 새싹을
잊지 않겠노라 다짐한다

찬란한 꽃의 이전에는
찬란해질 작고 귀여운
새싹이 있었음을

봄 낙엽

가을에 떨어진 낙엽이
왜 봄까지 있을까 생각해봤더니
너는 끝맺기 위해 떨어진 것이 아니라
시작하기 위해 떨어졌던 것이구나

파도가 번진다

번진다
발끝에 파도가 번진다
알 수 없는 저 바다의 푸르름이 번진다
맑은 물기만을 남기고
나의 힘겨움을 가져간다

번진다
마음 끝에 파도가 번진다
알 수 없는 저 바다의 푸르름이 번진다
맑은 마음만을 남기고
나의 힘겨움을 가져간다

파도가 나의 이름을 부르면

파도가 나의 이름을 부르면

시원하게 달려가

모래 위에 나의 이름 세 글자

당신의 이름 세 글자 적고

파도가 가져갈 때까지

해안가에 앉아

별을 세어 보겠어요

너를 보는 나

가을의 공허함

가을의 공허함이
마음으로부터 오는가
높아진 하늘의 크기로부터 오는가
쓸쓸함을 머금은 구름도
외로움으로 물든 낙엽도
모두 다 공허하다

마음도 하늘의 크기도 아닌
나의 눈이 공허해서
그리 바라봐서 그렇다

단풍잎

가을 단풍잎이 붉은 잎을 보여주려
봄 여름을 기다려 온 것처럼
나 또한 기다려왔다
너에 대한 나의 마음 보여주려고

첫눈

첫눈이 내리던 날
첫눈에 반했습니다
하염없이 내리는 눈이
소복이 쌓여가는 눈이
내 마음을 말해줍니다

첫눈이 내리던 날
첫눈에 반했습니다
이상형이 없다며 툴툴대던 눈이
아무도 나의 마음에 들지 않는다던 눈이
당신을 보고 반했습니다

눈 내린 마음

눈이 펑펑 쏟아집니다
당신을 닮은 새하얀 눈이 펑펑 쏟아집니다
나의 따뜻한 마음 위에도
당신이란 눈이 내렸습니다
마음 위에 내린 눈은
사르르 온기에 녹아버립니다
그렇게 그렇게
당신이란 눈이 하나둘 녹아내려
내 마음은 당신으로 가득한
눈 내린 마음이 되었습니다

너를 보는 나

눈아 조금만 내려라

눈이 펑펑 내려서
나무에도 쌓이고
지붕에도 쌓이고
바닥에도 쌓여
하얗게 변한 세상에서
동네 아이들이 눈사람도 만들고
눈싸움도 하는 모습을 보고 싶지만

우리 엄마 집 오는 길 위험하니
조금만 내리다 그쳐주라

눈을 감싼다

보통 눈을 맞는다는 표현을 많이 쓴다
눈을 느끼기 위해
손을 내밀었을 때도 눈을 맞는 것일까
눈을 감싼다는 표현을 쓰고 싶다
손을 내밀어 살포시 잡은 사람의
마음은 눈을 감싸고 싶은 마음이 아니었을까

어른

어릴 적엔 눈이 오면 밖에 나가
눈사람을 만들고
눈싸움을 하고
눈을 마구 만지면
눈 온 날을 오감으로 즐기기 바빴는데
어른이 될수록
그저 눈 오는 것을 바라보기만 합니다
눈의 차가움을 알아서
손이 시릴 것을 알아서
이미 많은 아픔들을 겪어서
이제는 다 알아버려서 싫은 게 아닐까요

이불

눈이 하염없이 내립니다
땅 위 모든 것들이 하얀 이불을 덮었습니다
겨울바람에 떨어진 나뭇잎도
가지만 남은 나무도
우직하게 자리 잡은 커다란 바위도
까맣기만 하던 내 마음도
모두 하얀 이불을 덮고
따뜻한 겨울을 보낼 준비를 합니다

너를 보는 나

겨울 햇살

내리쬐는 햇살을
가만히 누워 맞고 있었다
아, 따사롭다

겨울에도 햇살은 이리 따뜻한데
바람은 왜 못난 마음으로
그리고 차갑게 쌩 지나가는지
주변 공기는 또 왜 그리 냉랭한지

겨울이 못난 게 아니라
바람이 못난 거였구나

겨울나무

여름에는 온몸으로
나무의 푸르름을 뽐내더니
겨울이 되니
앙상하게 가지만 남았네

왠지 모르게 쓸쓸해 보인다
너의 그림자마저 외로워 보인다
그 옆에 서서 한참을 바라보았다
너 또한 내 옆에 서서
나를 한참 바라보았다
우린 참 닮았구나

너를 보는 나

사계절

네가 걷는 봄
그 앞엔 내가 있었다

네가 걷는 여름
그 앞엔 내가 있었다

네가 걷는 가을
그 옆엔 내가 있었다

네가 걷는 겨울
그 뒤엔 이제 내가 있다

두 날씨

밖의 날씨는 너무도 화창하다
나는 흐리다 곧 비가 올 것 같다

밖의 날씨는 바람이 선선하게 분다
나는 흐리다 곧 비가 올 것 같다

밖의 날씨는 청명하다
나는 추적추적 비가 내린다

너무나 다른 두 날씨

비와 눈물

비는 주룩주룩 내리고
눈물은 주르륵 흐른다
비와 눈물 소리부터가 참 닮았다

비 오는 날은
하늘이 온통 회색빛 구름으로 가득하다
우는 날은
마음이 온통 회색빛 구름으로 가득하다
비와 눈물 참 닮았다

비가 온다

비가 온다
아무렇지 않게
비가 온다
내 마음도
아무렇지 않아야 한다
떨어지는 빗방울처럼
아무렇지 않아야 한다

비 오는 거리

추적추적 거리는 빗물로 젖어들었다
좌아아아 차들이 도로를 달리는 소리
터벅터벅 우산을 쓰고 도보를 걷는다

비 오는 날만큼 신발이 지저분해진 적이 있던가
새로 산 신발 닦으며 걷다 이내 포기한다
비 오는 날만큼 거리가 소리로 꽉 찬 적이 있던가
항상 사람들이 만들어낸 소리였지 하며
듣고 있던 음악을 끈다

비 오는 날 거리는 시끄러운 듯 한적하다
비 오는 날 거리는 소란스러운 듯 고요하다
비 오는 날 거리는 함께인 듯 고독하다

그래서 비 오는 날 거리를 좋아한다

땀방울

하늘에 맺힌 땀방울이 뚝뚝

얼마나 고생을 했는지 투둑투둑

예고도 없이 떨어진다

떨어지는 방울이 눈물인지 땀방울인지

알 수 없을 만큼 많아지는데

그 위에선 무슨 일이 있었는지

서럽게도 서럽게도 떨어지는구나

아프다 내리는 빗방울이

아프다 떨어지는 빗방울이

내 맘 같아 아프다

내 눈물인 척

내 땀방울인 척

같이 울어본다

비 오는 밤거리

비가 쏟아지는 밤거리
거리가 반짝반짝
떨어진 빗물에 비친 조명들로
반짝반짝거린다
옷이 다 젖고
신발이 다 젖었는데
그 모습을 보니
마음이 어떻게 녹지 않을 수 있으랴

집으로 돌아가는 길
반짝이는 길을 따라
반짝이는 마음으로
걸어간다

마음을 어떻게 갖느냐에 따라
지옥 길이 보석 길이 될 수 있음에 감탄하며

천둥번개

우르르 쾅쾅
내 마음에 천둥이 친다
속이 터진다
답답해서
먹구름끼리 만나
천둥이 친다
번개가 친다
누가 내 마음을 이 상황까지 내버려뒀나
모두가 관망했지
내 속도 모르고
아니 모른척하고
다들 자기 속 편하자고
모두가 관망했지

밤 비행

늦은 밤 비행기를 타본 적이 있는가
창밖을 보면 우주가 보인다
살면서 그렇게 많은 별을 본 적이 있나
우주를 유영하는 기분
그 기분이 너무 좋아
비행기를 탈 일이 있으면
꼭 밤 비행기를 탄다

살면서 그렇게 많은 별을 본 적이 있나

꿈별

난 밤하늘의 별을 보며 꿈을 꾸오
나의 열망이 닿든
닿지 않든
매일 바라보며 잠들 뿐이오
그대도 함께 하지 않겠소?
별을 보며 꿈을 꾸는 것만으로도
반쯤 내 꿈을 이룬 것 같소

너를 보는 나

바람을 느끼며

봄바람을 느끼며
산뜻함에 취한다
아 봄이 왔구나
따스함에 눈뜬다

여름 바람을 느끼며
뜨거움에 취한다
아 여름이 왔구나
숨 막힘에 눈뜬다

가을바람을 느끼며
공허함에 취한다
아 가을이 왔구나
허전함에 눈뜬다

겨울바람을 느끼며
쓸쓸함에 취한다
아 겨울이 왔구나
고독함에 눈뜬다

너를 보는 나

바람이 분다

바람이 분다
휘이이이이
차디찬 바람이 분다
어디로 향하는 것인가
내 마음 뚫고 지나간 저 바람
바다에 내 아픔 전해주러 가나
저 산에 내 슬픔 전해주러 가나

어디로 가든 바람아
불러도 대답 없는 그 사람에게 가
내 아픔 슬픔 다 말해주거라

바람아 꽃피워라

바람아 꽃피워라

지나간 자리 모두 꽃피워라

눈길이 닿지 않는 곳까지 구석구석

손길이 닿지 않는 곳까지 구석구석

예쁘게 꽃피워라

자연 그대로의 모습대로 있게

사람의 손길이 닿지 않게

바람아 꽃피워라

지나간 자리 모두 꽃피워라

우리 엄마 지나다니는 길 향기롭게

내 동생 앞길 아름답게

그렇게 예쁘게 꽃피워라

바람을 타고

바람을 타고
저 멀리 저 멀리
바람을 타고
아무도 없는 곳으로
바람을 타고
아무도 모르는 곳으로
바람아 바람아
나를 데려가다오
그곳에 가
잠시 햇살도 맞으며
좋은 공기도 마시고
자연의 소리도 듣고
그렇게 잠시만 있다가
원래의 삶으로 돌아갈 테니
바람아 바람아
나를 이 삶에서 잠시만 멀리 떠나보내다오

별똥별

별은 왜 눈물을 흘릴 때도 빛이 날까
그 눈물 자국을 보며 소원을 비는 우리도
그 눈물 자국을 보며 놀라는 우리도
참 웃기지
하긴 그렇게 아름다운 눈물은 본 적이 없다
그렇게 빛나는 눈물도 본 적이 없다
그 별은 되게 아팠을 텐데

너를 보는 나

밤하늘

그대가 맑은 두 눈으로
밤하늘 온 풍경을 담아내니
나는 그것을 보지 않고도
오늘 밤하늘이 아름다웠다는 걸
그대 두 눈을 보고
알 수 있었습니다

밤 하늘에 별 하나

밤 하늘에 별 하나
그대가 떠올려 보냈나
여기서 봐도 반짝
저기서 봐도 반짝
눈이 부시게 아름답다

밤하늘에 별 하나
그대를 떠올리며 보낸다
여기서 봐도 반짝
저기서 봐도 반짝
눈이 부신 그대를 떠올리며 보낸다

밤하늘에 별 둘
서로를 향해 반짝
반짝거린다

새벽

밤하늘의 별빛이
내 마음을 스쳐 지나간다
새벽의 찬 공기가
내 마음을 스쳐 지나간다
이 시간까지 잠들지 못한 이유
너의 미소가 내 머릿속을 스쳐 지나갔다

큰일이다
매일 밤 이러면 안 되는데
정말 큰일이다
나의 일상이 모두 흐트러지면
그건 다 너 때문이다

해와 달

달이 떠올라서

너를 떠올렸는데

어느새 해가 떠오른다

달 조명

달이 뜨는 날엔 그대를 생각했고

달이 뜨지 않는 날엔 그대를 생각하지 않아야 했습니다

그대와 약속했으니까요

그래서 그대 몰래

나의 방에 달 조명을 두고

달이 뜨지 않는 날

조명을 켜고 그대 생각을 했습니다

나는 이제 매일 그대 생각을 할 수 있습니다

달과 별

달을 만나는 시간은
그대를 생각하는 시간
별을 만나는 시간은
그대를 그리는 시간
그대를 생각하고 그리면
내 앞에 나타나줄까

오늘도 그대를 바라며
달을 생각하고 별을 그린다

너를 보는 나

별자리

별이 가득한 밤을 볼 때면
한 편의 시를 읽는 기분이 듭니다
각자의 이야기를 가진
별자리들을 보면 그렇습니다
밤하늘엔 멋진 이야기들로 가득한
별자리들이 많지 않습니까
그런데 이름만 있는 별들
그들도 사연이 있겠지요
이것들을 보고 있으면
나는 마음이 무거워집니다

저기 저 어딘가엔

나와 같은 사연을 가진 별도 있을 겁니다

외우기 힘든 이름으로 사는 그 별은

아무도 신경 쓰지 않을 테니

내 마음이 어찌 가벼울 수 있겠습니까

그 아픈 별

오늘은 내가 바라봐 주고 뒤돌아섭니다

여전히 마음이 무겁습니다

너를 보는 나

맑은 날

살면서 어떻게 흐린 날만 있겠어

맑은 날도 있어야지

구름 한 점 없는 드높은 하늘

선선한 바람

완벽한 맑은 날

완벽한 맑은 맘

살다 보면 이런 날도 오겠지

추억 꽃다발

아름다운 추억 한 송이
슬픔에 살짝 젖은 추억 한 송이
행복한 향이 나는 추억 한 송이
그리움이 묻은 추억 한 송이
그대와 나만 아는 추억 한 송이

다섯 송이의 꽃으로
꽃다발을 선물해요
풍성하진 않지만
빈 공간은 나의 사랑으로 채울게요

너를 보는 나

혼자 두지 말아요

나는 외로운 꽃
나를 혼자 두지 말아요
바람이 불면
이리 휘청 저리 휘청
내 마음은 중심을 못 잡아요

나는 외로운 꽃
나를 혼자 두지 말아요
꽃밭에 있을 때
더 환하게 웃는 나를
외면하지 말아요

꽃을 피워내리

그 손끝에서
그 말끝에서
꽃을 피워 내리

무수히 다친 꽃들을
무수히 망가진 꽃들을
한 송이 한 송이 주워
다시 활짝
꽃을 피워 내리

가끔 잊을 때쯤
생기를 찾은 꽃 한 송이가 찾아와
활짝
웃음꽃을 피워 내리

복수초

노오란 꽃잎이
마치 저 따스한 햇살과도 같다
햇살 아래 너는 더 빛이 나는데
뜨거운 태양이 내리쬐는 여름이면
자취를 감추니
너는 나에게 슬픈 추억이다
네가 나에게서 숨어 행복할 수 있다면
나 또한 너의 영원한 행복을 바라겠다

수국

당신을 보고
첫눈에 반했어요
당신은 하늘에 펼쳐진 향수 같아요
그대의 향을 맡을 때면
나는 구름 위에 앉아
예쁜 칵테일을 마시는 기분이에요
당신의 아름다움을 사랑해요

너를 보는 나

꽃이 흔들리면

꽃이 흔들리면
나는 그대를 불렀고
그대는 뒤돌아 보았습니다

언제나 마음이 흔들렸고
나는 그대를 향해 미소지었습니다

그대는 나의 바람꽃
언제든 나의 마음을 흔들어주세요

꽃말

나의 마음엔 물을 주지 않아도
너라는 꽃이 피어난다

나의 마음엔 햇살을 보지 않아도
너라는 꽃이 피어난다

나의 마음엔 돌봐주지 않아도
너라는 꽃이 피어났다

꽃말은 끝없는 사랑
또는 영원한 행복으로 해두겠다

너를 보는 나